JN034149

私の「人生の扉」

アミール喜代子
AMIR Kiyoko

文芸社

目次　私の「人生の扉」

プロローグ

歌手の竹内まりやさんの歌に、「人生の扉」というのがあります。

この曲の歌詞を聴いた時、私自身のことを歌われているようで、とても感動したことを覚えています。

70歳を越えた今、この歌のように、自分は何をしてきたのか、これから何をしたいのか、ひとつひとつ、私の「人生の扉」を開けて振り返ってみることにしました。

人生の扉　作詞・作曲：竹内まりや

春がまた来るたび　ひとつ年を重ね
目に映る景色も 少しずつ変わるよ
陽気にはしゃいでた　幼い日は遠く
気がつけば五十路を　越えた私がいる
信じられない速さで　時は過ぎ去ると　知ってしまったら
どんな小さなことも　覚えていたいと　心が言ったよ

I say it's fun to be 20
You say it's great to be 30
And they say it's lovely to be 40
But I feel it's nice to be 50

満開の桜や　色づく山の紅葉を
この先いったい何度　見ることになるだろう
ひとつひとつ　人生の扉を開けては　感じるその重さ
ひとりひとり　愛する人たちのために　生きてゆきたいよ

I say it's fine to be 60
You say it's alright to be 70
And they say still good to be 80
But I'll maybe live over 90

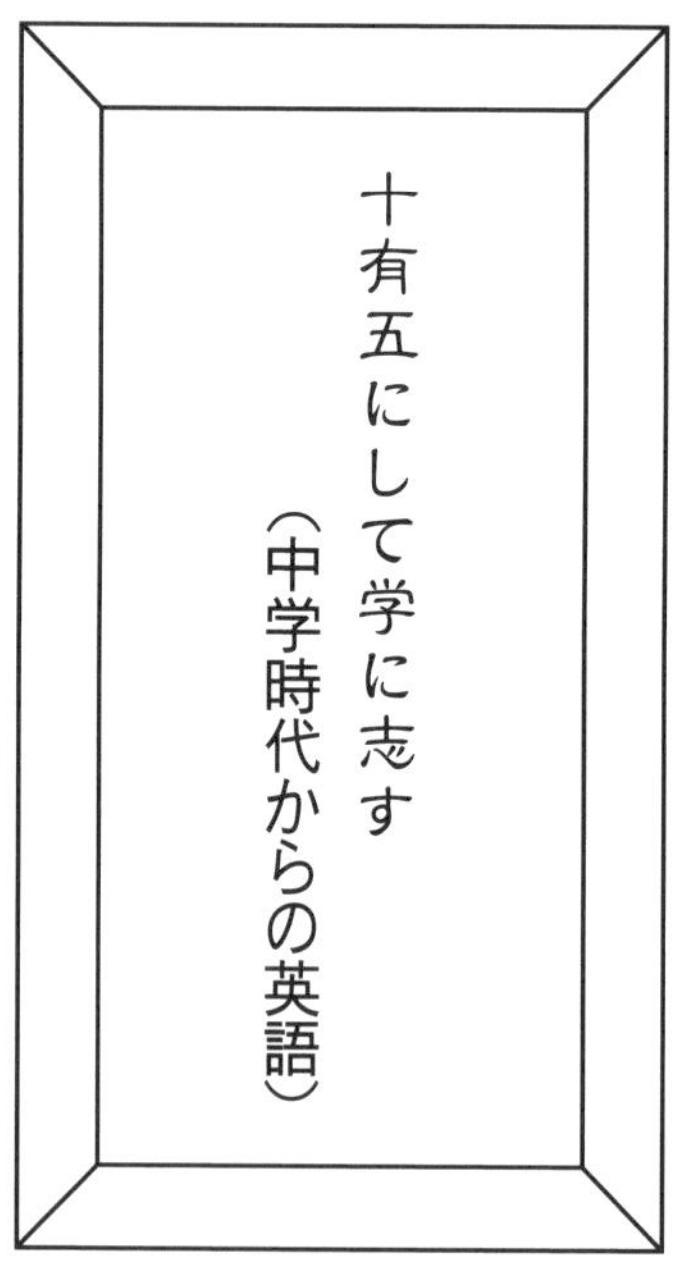

十有五にして学に志す（中学時代からの英語）

幼年期

私は昭和24年（1949年）2月17日に、須田謹吾（父）、千歳（母）の次女として長野県長野市に生まれました。普通のサラリーマン家庭で、父は日本電信電話公社（現NTT）長野電話局に勤めており、湯田中電話局長で定年退職しました。母の実家は市内南部で農家兼リンゴ園経営をしており、毎年、おいしい信州リンゴを届けてくれました。

名前の「喜代子」は、喜びが代々続くようにと付けられたようです。兄弟は、長女（千鶴子、3歳で病死）、長兄（荘一郎）、次兄（毅）、三兄（勲雄）で、私は末っ子でした。長女を亡くした母は、「女の子が欲しい、と産み続けた（笑）」とか。私が生まれた時は、「ああ、よかった、と思ったよ」と、話してくれました。名前は母の喜びの思いがあったのかもしれません。

幼少の頃（4～5歳）は、男兄弟の中の女一人なので、遊びは常に男遊びでした。

そうしないと仲間として一緒に遊んでもらえないからです。秋は、裏庭にあった銀杏の大木の葉を集め、それを積んで土俵ごとき物を作り相撲大会。冬は、竹スキーでジャンプをするためのスロープ作り。言葉使いも悪く、粗野なままの私は、いわゆる「男まさり」でした。兄達とも喧嘩をしましたが、次兄の毅だけは私に優しく、従って、喧嘩もなく、誕生日が同じであることからも、私は「たけちゃん、たけっちゃん」と慕っていました。この次兄が、後の私を常に助けてくれるのです。

初めての英語との出会いがあったのも、この頃でした。母の姉が東京に嫁いでおり、何かの折に母に連れられてそのお宅を訪ねました。滞在中、伯母の勧めもあって日光観光に出かけ、その道中ロープウェイに乗ったのですがとても混んでいて、私と母は手摺りにつかまり、ギュウギュウと押されていたのです。すると、座席に座っていた外国人女性が私の手を取り、膝の上に私を抱っこしてくれました。すると母が、「サンキュー、ベリーマッチ」とその女性に言ったのです。驚きでした。

「母ちゃん、何言ってるの?」

と、私はキョトンとしていました。母は外国映画好きで、「喜代子はおとなしくしているからいいよ」と、よく一緒に映画館へ連れて行ってくれたのです。私は映画中のセリフ「シェーン、カムバック！」を覚えて、意味もわからず真似ていました。

小・中学校時代

昭和30年（１９５５年）４月、私は兄達と同じ学校区の長野市立山王小学校に入学しました。担任は1年から3年まで同じ女性教師で、４年から6年までは男性教師で、それぞれ1年ごとに変わりました。６年時の担任は若い教師で、体も声も大きくやる気満々な人でした。しかし、この教師とはうまく付き合えないというか、相性が悪いというか、何かしら目をつけられていた――という記憶だけが残っています。訳もわからず皆の前で、私の作文に対する批判的なコメントを言われる等々、どんなに辱(はずかし)められたことか。今風に言うと、「言葉によるいじめ」に当たるかもしれません。自分は男まさりでもあり、親にも話せず、友達もできず、悲しかったことを覚えています。この小学校での経験は、あまり後味のよいものではありませんでした。

昭和36年（１９６１年）４月、信州大学教育学部付属長野中学校に進学しました。

この中学は、兄達も卒業した中学校でしたから、当然私も行くつもりでした。入学試験がありましたが、丁度三兄の勲雄が在籍していたために、私は無試験で入学が内定しました。

　クラスは5組あるうちの最後のE組で、担任は国語担当のK先生でした。入学時に、「このクラスを一番いい（E）組にしましょう」と話されたことが印象的であり、卒業時にくださった、「春風を以て人に接し、秋霜を以て自らを律す」という贈る言葉を今でも覚えています。小学校時代の自分を捨て、新しい自分、新しい友達と出会えると張り切っていたのです。

　中学時代は、まさに青春期。東京への修学旅行や北アルプスの燕岳（つばくろだけ）登山等、友人との交わりも、授業もとても楽しく過ごせました。地理・歴史は「社会科の須田」と言われるほど得意でしたし、母に連れられて小さい頃から外国映画を見ていたので、英語の授業も大好きでした。英語のS先生は英語の歌も教えてくださり、授業中に皆で歌ったりして、いつも楽しい授業でした。さらに、１年最初の中間試験では、私一人が１００点を取り、先生から一目置かれたのが自慢です。当然、外国映画も好きでよく見に行き、字幕を読まずに理解できたフレーズがあると、家に帰ってもそれを繰り返し真似したり、外国映画俳優の名前も覚えたり、映画通のように友達と話していました。親しい友達もでき、特にTさんとは、中学だけでなく高校も、就職した銀行でも一緒になって、今でも長野へ行った折には会ったり、泊めてもらったりと、長い付き合いです。

3年になり、進路を決定する時、初めて挫折を味わいました。兄達は皆、同じルートを進んでおり、つまり、山王小学校から付属長野中学校、そして県立長野高校へと進学、当然、私も長野高校へ行くつもりでした。ところが、明治生まれの父は厳しく、「女の高校があるのに、男の高校へ行く必要はない」と、鶴の一声です。この頃は、長野県の高校は男子校、女子校と別々でした。長野高校は男子の進学校でしたが、1割程度女子が入学できたので、悔しい思いで女子の進学校である県立長野西高校へ進学することに決めました。合格発表後に、担任の先生から「28番で合格」と聞かされ、1割以内（合格者は450名）に入った嬉しさを覚えています。長兄と次兄はすでに東京で就職、三兄は私の高校合格と同時に国立東北大学に合格し仙台へ出発したので、長野の家には私だけが残りました。

高校進学

昭和39年（１９６４年）４月、長野県立長野西高等学校へ入学しました。私は団塊の世代ですから、１クラス50人で９クラスあり、１学年全体で４５０人という大人数でした。当時、女子高生の制服は紺色のセーラー服が主流で、長野西高の場合は、後ろ襟に校章の「梶（かじ）の葉」が刺繍されており、後ろから見てもすぐに西高生と識別されるのが嬉しかったものです。

さすがは進学校、各中学校から粒選りの生徒が集まっていました。就職組はクラスの１／５程度で、あとは皆、進学組でした。私も進学を考え、数学、物理、化学が全然できなかったため、これらが試験科目にない文科系にしようと思いました。中学時代からの英語好きが高じて東京の大学で英文科を狙い、将来は英語を使う仕事に就きたい、スチュワーデス（現ＣＡ）になりたい、世界を見たいと思ったのです。

その頃の世の中は欧米文化が旺盛で、ビートルズの来日や、米国のポップスやロカビリーが大流行していました。自分のそんな希望進路を親に話すと、高校受験の時と同様に父から、「東京の大学などに行けば、嫁に行きそびれてしまう。せいぜい良くて地元の短大、家政科でなければ駄目だ！」と言われてしまいました。当時は、「良妻賢母」・「結婚適齢期（22〜23歳）」・「短大卒は嫁入り道具」、という言葉があるほどの社会風潮でした。経済的に親に頼るほかはなく、悔しいながら地元の短大の家政科受験に決めました。反抗期というか、沸々と父に対する反骨心が湧き、「よし、それならば一番で合格してやる」と密かに誓ったのです。

長野県短期大学のほかに、いわゆる滑り止めとして、3月上旬に、東京の共立女子短大も受けました。初めて特急「あさま」に乗り、次兄が上野駅で迎えてくれ、試験会場の短大へも案内してくれたのです。幸い合格し、あとは長野県短大の試験の追い込みが残されていました。

戦後のベビーブーム世代のため、県短大の入試倍率は5・4倍という高いものでした。3月下旬に合格発表があり、県短大の事務職で、私が小学校時代に通っていた近所の習字教室の師でもあったY氏が、自宅まで結果を知らせに来てくれたのです。「3番で合格」と知らされて、自身の受験番号が「3番」であったこととの偶然の一致が、何か因縁のように感じました。中学から伸ばしていたおさげ髪もさっさと切り、新しい自分の始まりです。

短大入学

昭和42年（1967年）4月、長野県短期大学家政科食物専攻に入学しました。長野県短期大学は、当時としては数少ない公立短大であり、全国各地から学生が集まっていました。

後に、長野県短期大学は、平成30年（2018年）4月に長野県立大学となり、令和2年（2020年）3月に長い歴史に幕をおろし、閉学しました。

その閉学式で、短大卒業生代表として挨拶を、という依頼が大学から届きました。もちろん快諾いたしましたが、そのような依頼がくること自体が、私にとってはほんとうに名誉であり、身に余る光栄でした。

しかし、コロナ感染症対策として式典の開催が中止になってしまい、丁度、私の現役定年退職と重なる時でしたので、最後の晴れ舞台と思っておりましたが、儚く露と消え、思い返しても何とも残念でなりません。

入学当時の食物専攻では、栄養士免許、中学校教諭2種免許（家庭・保健）が取得できました。ですから私はとにかく免許だけは全部取る、でもこれらの免許を活かして就職するつもりなどはサラサラない、というスタンスでした。そのため、毎日の授業時間は高校時代よりも長く、特に実験授業があると午後6時過ぎまでかかりました。

この免許のありがたさがわかるのは、初めは卒業してから5～6年頃に、私がイギリスから帰国して家にいた時、同級生のUさん（彼女はすでに管理栄養士として飯山保健所に勤務していたのですが）から、管轄地域の栄養・調理講習会の手伝いを依頼され、1回／月で3回手伝った時と、それからずっと、ずっと後になってからなのです。

授業は、栄養学、栄養指導学、食品学、公衆衛生学等が面白く、調理学、調理実習等はあまり興味がありませんでした。また、教育実習では、中学校で理科（化学）を教えたのですが、家庭科教諭の免許取得にしては科目が違うのではないかと、今でも不思議です。

授業の他には、軟式テニス部に入りました。合宿や大会出場などあり、初めての運動部でしたが、それなりのレベルまで経験できました。私は小学校の頃から走るのが遅く、運動会ではいつもビリでしたから、運動神経が鈍い、運動部は向かないと認識していましたが、短大の運動部なら同好会レベルであろうと思い入ったのです。偶然にも、同級生Sさんのお姉さんがテニス部の先輩で、よくコーチに来ていた関係で、卒業後も彼女とは時々会ったり、彼女の友人達とテニスをしたりしていました。

このテニス部で、生涯の友となる新潟出身のIさんに出会ったのです。1年後輩でしたが、彼女は高校時代からテニス部所属で、素晴らしいレベルでした。私が先輩マネージャーで、彼女は部長という関係になり、彼女とは何かしら気が合って、私が卒業した後も、一緒に志賀高原へスキーに行くほどでした。ここから、彼女との長い交流が続くのです。

短大2年の夏休みに、テニスの大会があった名古屋から帰ると、地元の八十二銀行から、秘書室勤務の銀行員募集のはがきが届いていました。その頃の銀行は、女子行員を高卒で採用していましたが、時代の流れから、また、新本店ができるための、短大卒女子行員募集でした。すぐに応募したところ、9月には面接となり、すんなりと採用が決まりました。県短大からは、私も含め４名（家政科２名、国文科２名）が合格したのです。

　この就職については随分悩みました。大学は親の意向で決めたとしても、就職は自分が決める――という点は揺るぎませんでした。英語を活かした職業に就きたいとずっと考えてきたからです。しかしその頃、カナダ航空機の羽田空港墜落事故があり、「危険だ、スチュワーデス（現ＣＡ）になるのは止めよう」と自分を納得させ、その代わり東京に出て外資系会社の英語秘書になろうと思ったのです。その点、この銀行での秘書室勤務経験はキャリアになるし、給与も良いという点を考慮し決めました。当時の長野市における三大高給職場は、八十二銀行、信越放送、信濃毎日新聞社と言われていました。

　しかし、同級生の多くが栄養士関係の就職に決まっていく中、自分は違うということに何かしらの引け目を感じていました。このような時期に、食物専攻担当のＨ先生がクラスの皆に話してくれたのです。

「栄養士関係とは違う就職先の人もいると思うけれど、それはそれでよい。そういう人は、自分の家族のための栄養士になれるのだから」と。

この言葉に勇気づけられ、私は間違っていない、私もこれで行こうと思ったのです。この話を裏付けることが、後になってわかりました。当時の厚生省は、戦後の日本人の栄養改善をするために、文部省と連携し、栄養士養成の女子短大を多く設置し、各家庭に栄養士資格を持つ人材を配置し栄養改善を図るという見解だったと聞いたのです。ただ、親は、地元の銀行への就職、つまり、親元に残ることを喜んでくれました。

秘書室時代

昭和44年（1969年）4月、八十二銀行本店に入行しました。秘書室での仕事は新鮮で、刺激のある楽しい日々でした。入行後すぐに、日本秘書協会の研修に行ったり、新本店（長野県立長野工業高校跡地、自宅から徒歩5分）では、秘書室専用の受付で英語の勉強ができ、英語検定試験（英検）の2級資格を取得しました。

また、新年招客宴に使用するメロンやケーキを、東京の銀座千疋屋や、旧ソニービル地下のマキシム・ド・パリへ受け取りのために宿泊出張をした時などは、次兄が銀座近辺の有名店で夕食をご馳走してくれました。次兄の大学も職場も東京都心にあったので、色々な場所をよく知っていたのです。

仕事の他には、銀行のテニス部に入りました。銀行所有の専用コートがあったので、出勤前に近所に住んでいた本店受付業務のKさんと朝練習をするという熱の入れようでした。彼女とはダブルスペアを組み、全行テニス大会では、準優勝が3回という栄誉も得ました。さらに、志賀高原高天ヶ原には銀行の山荘があったので、冬期間はスキーを置きっぱなしにして、毎週末はスキー三昧。八方尾根や北海道ニセコでも滑り、全日本スキー連盟検定2級の資格も取りました。走るのが遅く、運動神経が鈍いと思っていた私としては、夏はテニス、冬はスキーに明け暮れ、「よくやった」と褒めたいくらいです。

また、田舎での軋轢を発散するために頻繁に上京して、次兄宅を拠点にして、雑誌の「アンアン」、「ノンノ」を片手に（アンノン族）、東京見物や買い物をしていました。まさに、当時流行語になった「独身貴族」、「花のＯＬ（Office Lady）」そのものだったのです。

昭和45年（１９７０年）には、日本万国博覧会が大阪で開催され、その観覧のために、行員は大阪にある銀行の寮を3泊利用できました。しかし、3泊では足りない、もっと見たいと、身重のY義姉（次兄の妻）を連れ出して、彼女の親戚宅にまで押しかけて、厚かましく宿泊して、1週間近く滞在しました。外国パビリオンで、初めて接する外国文化や人々に興奮し、パビリオンのスタッフに、挨拶程度の内容を英語で話し掛け、「通じたー!!」と舞い上がるほどで、外国への憧れが、ますます大きくなっていきました。

我が青春のイギリス

そして、4年ほど経つと、秘書室内では、短大卒同期生も異動し、私一人が残っていました。後輩だけでも十分に業務が回る段階となり、このままでいいのかと、いよいよ転職を考え始めたのです。新聞の求人欄で、スチュワーデス（現CA）募集掲載を見ると、むくむくと以前の気持ちが湧き、

「応募したい、でも試験会場は東京、どうしようか……」

次兄に相談すると、

「うちに泊まって受験しなよ」

と、気軽に言ってくれたので、親には内緒で受験したのです。筆記と面接試験の結果は……。見事に落ちて、これで「スチュワーデスは止め」と、気持ちの整理がつきました。面倒をみてくれた次兄には、本当に感謝、感謝しかありません。また、東京の外資系会社の募集にも度々応募してみましたが、書類選考の段階で落ち、自分の学歴・職歴では難しい、世の中は甘くないと思い知らされました。

それでも、英語を使って世界を見たい、外国へ行きたい、という気持ちは抑えられず、外国へ行く方法を考えてみると、観光、留学、仕事があり、これらの内、自分ができるのは観光で行くしかなかったのです。

当時は「JALパック」という団体観光ツアーが盛況でしたが、これはいつでも行けます。今の自分にしかできない観光をしたいと選んだのが、1か月間イギリス家庭に滞在するという「生活体験ツアー」でした。このツアーならば、英語も使えるし、観光もできる、さらに家庭生活も体験できる、と考えたのです。

有給休暇が40日ほどありましたから、1か月間の休暇を取りたいと上司に話したところ、前例がないと拒否されてしまい、しかたなく退職することにしました。親に話すと、とんでもないと猛反対されましたが、最後には、行ってくれれば気が済んで結婚してくれるだろうと思ったようです。

昭和50年（1975年）1月、25歳で銀行を退職し、イギリスへは3月初めに出発しました。すべてが初めての経験で興奮しました。写真や日記の記録にとどめるだけではなく、「音」でも残そうと思い、この頃最新だったソニー社製の小型録音機を持参し、機内の様子、演劇・演奏会、巷での会話など録音し、20本近いカセットテープを持ち帰ったのです。

イギリスでの滞在先は、サリー州のウォルトンオンテムズで、フリースクールの教師夫妻の家庭でした。夫妻は朝早くから仕事に出かけ、私も観光に忙しく、残念ながら、ゆっくりと一緒に話すような機会はほとんどなかったのです。毎日、最寄りのシェパートン駅から、列車でロンドン（ウォータールー駅）へ出かけ、ミュージカルやオペラを鑑賞し、美術館、博物館、庭園などを沢山見学しました。また、オックスフォード、ケンブリッジ、遠くはエジンバラまで足を運びました。

自分は今、イギリスにいる――という現実が信じられず、イギリスでは雲の形も違うと感激ばかりでした。最後の1週間は、ツアー仲間とグループ別に小旅行をする計画になっており、私のグループはスペイン（マドリード&トレド）、フランス（パリ）を回って、ドイツのフランクフルトに入り、ツアーグループ全体が合流しました。

1ドル＝360円の固定相場で、外貨持ち出し制限のある時代でしたから、外国旅行などする人は希（まれ）で、もう一生、来ることも見ることもできないだろうと、十分に堪能し、3月末に帰国の途に就きました。この体験はまさに「我が青春のイギリス」でした。

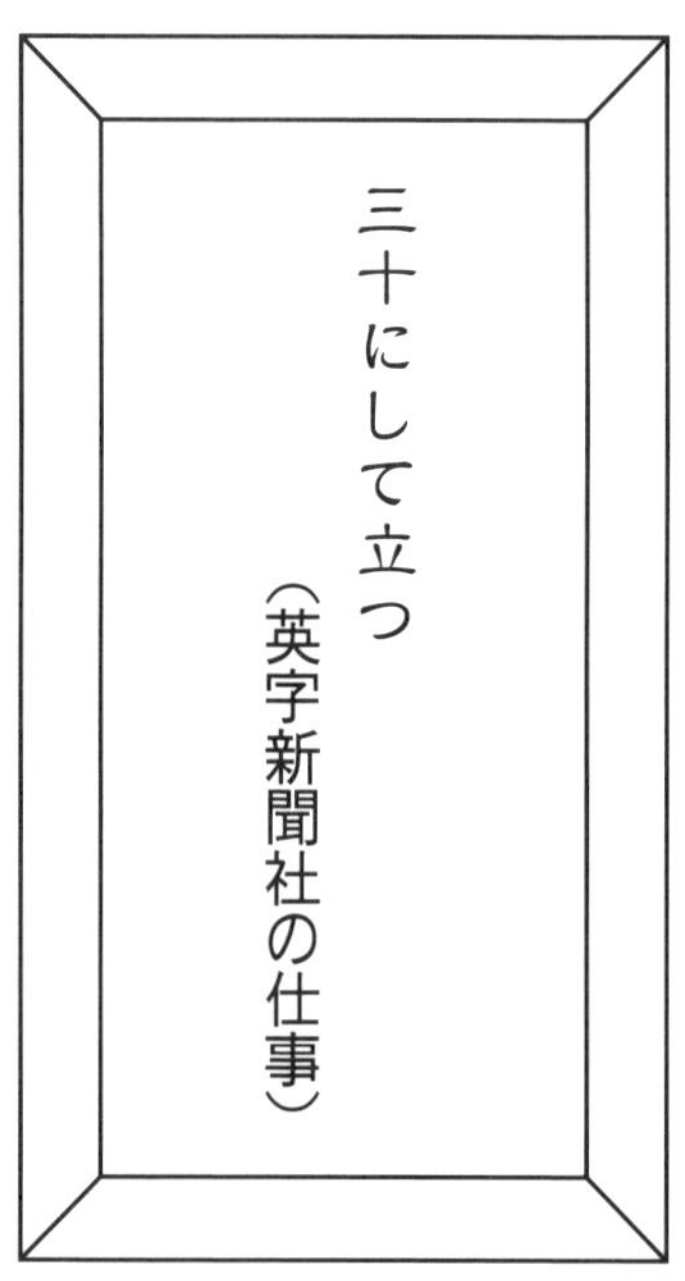

三十にして立つ

（英字新聞社の仕事）

英語修行

4月には長野に戻り、アルバイトなどしていましたが、イギリスでの体験冷めやらず、「やはり英語に関わった仕事がしたい！　それには東京へ出るしかない」との思いがずっと心の中にありました。それに、英語の仕事には英文タイピング能力が必要ですが、習いたくても当時の長野市内には英文タイプの講習所などなく、どうしたものかと、心此処にあらずの状態で、溜息ばかりついていました。

そんな12月のある日、【1週間で打てるタッチタイプ】という新聞広告が目に留まりました。場所は東京銀座であることから、すぐに次兄に連絡して1週間泊めてもらい、タイプ講習に通いました。画面に映るアルファベットに従ってキーを打ち、キーボードは見ないという講習方法で、不思議にも指がアルファベットの位置を覚えてしまい、打てるようになったのです。長兄の荘一郎が英文タイプライターを買ってくれたのですが、後に、私があまり使っていないと知るや、彼自身が使うので返却するように言われたので、さっさと返しました。この頃の私は、心が落ち着かず、何か東京へ出るための理由というか、具体的な何かを探って、焦っていたのです。

すると、翌昭和51年（1976年）3月に、長兄に第三子が生まれるというので、手伝いを依頼され向かいました。神奈川県相模原市にある次兄宅と長兄宅は近くでしたが、それまで長兄宅にはほとんど行ったことがありませんでした。長兄の子供二人は幼稚園に通っていたので、その送り迎えや、I義姉（長兄の妻）が入院してからは、食事の用意や掃除・洗濯、子供の世話など、俄（にわ）か主婦をして、時には、高校の英語の教科書を復習していました。

ある日新聞を見ていると、上智大学コミュニティーカレッジ主催の**【英語講座受講者募集】**という広告を見つけました。いわゆる成人講座で、4～7月まで開講されるという内容で、すぐに応募したのです。I義姉が退院しても、しばらくは手伝っていましたが、「もう十分動けるので大丈夫」と言うので、4月になって次兄宅に移り、東京の大学生気分で、ルンルンとこの講座に通ったのです。初めての英語講座であり、受講者は6～7名の少人数で、その内容は、エッセイを書いたり、フリー会話をしたり、ネイティブの先生がそれらをコメントし、とても充実していました。

７月末には講座が終わり、長野に帰りましたが、この講座の余韻はとても強く、忘れられず、東京でもっと英語の勉強をしたい、資格を取る、と親を説得し、またまた、次兄宅に滞在することになるのです。

10月から、昼間は次兄宅の手伝いをして、夜は都内目黒にある通訳養成所に通いました。１か月ほど経て、Y義姉の友人を通して、「某貿易会社で英語ができ、タイプも打てる人を探している」という話を聞きました。丁度、「これ以上、次兄宅に迷惑はかけられない。一人暮らしをしよう」と思っていたので、すぐに話を通してもらいました。

昭和51年（１９７６年）11月から、東京都大田区南馬込の「日本ナノトロニクス」という貿易会社に、貿易実務員として勤務しました。この会社は腕時計用の液晶板を製造し、台湾に輸出しており、社宅も会社近くにあって、「願ったり叶ったり」のタイミングでした。東京という大都会で、27歳で初めての一人暮らし。意外にも快適で、特に田舎特有の柵（しがらみ）もなく、もっと早く上京すればよかったとさえ思いました。短大時代から続けてきたテニスも、芝公園にあるテニスクラブに入会し、週末にはそこで練習ができたのです。

貿易実務の仕事は初めてなので、L／C（Letter of Credit）の読み方や書類作成について、先輩から色々と教えを受けました。夜は引き続き、目黒の通訳養成所に通い、2年目の昭和53年（１９７８年）８月に日本通訳協会の通訳技能検定で、英語部門３級資格を取得し、これで、親に対する東京へ出たことの面目が立ったのです。従って、目黒の通訳養成所は止め、上智大学のコミュニティーカレッジに切替えました。

　この貿易実務という仕事は、覚えてしまうと、貿易書類やビジネスレターなど、同じ内容の繰り返しで、タイピングは上手くなったものの、自分が求める英語に関わる仕事とは、何かが違う、このままでいいのかと、悶々としていました。それに加えて、納入製品に不良品が出てどんどん返品され、ボーナスも出ない状況になり、社宅も閉鎖されたので近くのアパートへ引っ越し、この会社は危ないと感じ、昭和55年（１９８０年）２月に退職しました。

　失業中も、英語力を落とさないように、昼間は、虎ノ門にあった英語通訳者養成所（サイマルアカデミー）へ通い、夜間は上智大学のコミュニティーカレッジへ通い続けました。この上智大学コミュニティーカレッジへは、その後も約5年通い、英語講座だけでなく、社会問題、マクロ・ミクロ経済、国際関係、フランス語、聖書講座等を受講しました。

一方の英語通訳者養成所は、同時通訳機を使用する講習や、ネイティブ講師によるディベート授業等、目黒の養成所よりも一段上の講習内容でした。修了近くの8月、ここで講義をしていた英字新聞社の編集部長が、自社の新聞校閲員の臨時募集をしたので、失業中の私はすぐに応じて滑り込みました。

英字新聞校閲員

昭和55年（1980年）9月から、31歳で、中央区築地にあった朝日イブニングニュース社編集部校閲課校閲員として勤務しました。大学英文科卒でもなく、英語通訳者養成所には通いましたが、6か月程度であり、ほとんど独学で英語を勉強しただけの私が、英字新聞社で、英語を活かした仕事ができる喜び、それは臨時採用であることよりも、勝っていました。

ただ、大変だったのは朝が早いことです。夕刊紙なので、締め切り時間が15時。それまでに、当日夕刊の2版（2スター☆☆）、3版（3スター☆☆☆）をチェックする必要があり、最低でも8時出勤でした。私の大田区のアパートからは、7時前に出ないと間に合いません。朝の弱い私には辛いものでしたが、好きな英語の仕事だったので、頑張りました。

私の担当は文化芸能欄、TV・ラジオ欄で、朝から締め切りまで夕刊記事となる英文を校閲し、OKになってからは予備・保存記事をチェックする、という仕事内容です。一日中、色々な英文を読める充実感、外国人スタッフとのやり取りなど、ここが自分の居場所だ、と初めて感じたのです。これまで、高校時代からずっと、英語に関わる仕事をしたいと固持・奮闘してきた私ですが、その甲斐があり、やっと手が届きました。

17時には上がり、夜は上智大学の講座に通ったり、アルバイトでNHKの国際報道局で、海外向けラジオ番組「ラジオ日本（Radio Japan／現・NHKワールド・ラジオ日本）」の英文ニュースタイピストとして、タイピング能力を維持していました。このNHKでのアルバイトは、テニスクラブのメンバーにNHK勤務の人がいて、夜間の英文タイピストを探していたので私が手をあげて始めたのです。この番組には各国のアナウンサーがおり、彼等が英文ニュースを基に、各国語に翻訳し、海外向けに放送していました。その中に、アルバイトで来ていた、後に私の夫となるバッサム・アミールがいたのです。このように、人が仕事をしていない時間帯も自分は頑張っているのだと、密かな喜びがありました。

2年ほどして、事業部に異動し、出勤時間も9時になり、ホッとしました。事業部は受託印刷をしている部署で、主に英文医学ジャーナルの発行をしており、「社内では唯一の黒字部門である」と、部長が自慢していました。私の担当した医学ジャーナルでは、研究者の英字論文原稿の到着から、編集・校閲を経て、表や写真・図の挿入や、タイトル文字のデザインなど、全体を発行するまで自分の裁量で手がけられる充実感がありました。自分もこんな英字論文が書けたら、とよく思いましたが、それは、研究する専門がないので無理である、と納得していたのです。

結婚と出産

昭和59年（１９８４年）７月、35歳でシリア国出身のバッサム・アミールと結婚し、彼のアパート（大田区南千束）に移りました。彼は東京工業大学の国費留学生で、博士（工学）学位を取得後、ポストドクターで東京大学にいました。ポストドクターとは、博士学位を取得後、大学などで非正規の立場で研究活動する人のことです。両親は、最終的には、彼（外国人）との結婚に納得してくれました。私が英字新聞社に勤めていたので、それも有りと思ってくれたのだと思います。

11月中旬から仕事は休職して、夫の母国シリアへ。嫁としての顔見世興行で、３か月近く滞在したのです。外国には慣れていたはずの私でしたが、カルチャーショックで、この国には滞在はできても居住は難しいと感じました。

翌昭和60年（１９８５年）２月初めに帰国し、10月末には息子を出産。息子は、偉（いさむ）と命名、アラビア語にも同じIssamという名前があります。同時に、大田区南雪谷に引っ越し、母が家事や子供の世話など手助けに来てくれ、あとから父も加わって、にぎやかな1か月を過ごしました。

ところが年明け早々、昭和61年（1986年）1月初め、夫はIAEA（国際原子力機関）の査察官研修のため、1年間の予定でオーストリアのウイーンへ行ってしまいました。あとには、私と乳飲み子の息子が残され、まったくの母子家庭になってしまったのです。心配した田舎の両親は、孫にも会えるからと、喜んで毎月訪ねてくれました。3人の子持ちのY義姉も、お琴の講習会の度に家に寄って、色々と育児アドバイスをしてくれました。Y義姉はお琴の大師範ですが、隣の北嶺町に彼女の師匠の講習場があり、そこへ月に1回来ていたので、以後、息子が保育園へ入る頃まで、続けてくれたのです。また、自宅に新聞社から校閲原稿を送ってもらい、細々と仕事も続けていました。今考えると、これらのことがあったから、いわゆる「産後鬱」とか「育児ノイローゼ」にならず、過ごせたと思っています。

9月になって、私と息子も夫のいるウイーンに合流し、3か月後の12月に家族3人で帰国しました。

息子の保育園が見つかり、昭和63年（1988年）4月から産後休業していた英文朝日（朝日イブニングニュース社から社名変更）事業部の仕事に全面復帰しました。働く母親にとって、保育園は本当に力強い味方であると感謝しております。家庭と仕事の両立も何とかこなせるようになり、この仕事をずっと続けていこうと思っていました。テニスも再開し、通勤途中の五反田駅近くにスクールを見つけ、トレーニングしてから出勤したりしていました。

この頃、短大テニス部で一緒だった新潟のIさんと、東京駅のレストランで結婚後初めて会いました。お互いに近況を話し、病院の管理栄養士をしている彼女は彼女の臨床論文の載った学会雑誌を、私は自身が担当して発行した医学ジャーナルをそれぞれ交換し、互いを励まし、理解を深め合ったのです。

郵便はがき

料金受取人払郵便

新宿局承認

2524

差出有効期間
2025年3月
31日まで
(切手不要)

1 6 0-8 7 9 1

1 4 1

東京都新宿区新宿1－10－1

(株)文芸社

愛読者カード係 行

ふりがな お名前		明治 大正 昭和 平成 年生
ふりがな ご住所	□□□-□□□□	性別 男・女
お電話 番 号	(書籍ご注文の際に必要です) ご職業	
E-mail		
ご購読雑誌(複数可)		ご購読新聞 新聞

最近読んでおもしろかった本や今後、とりあげてほしいテーマをお教えください。

ご自分の研究成果や経験、お考え等を出版してみたいというお気持ちはありますか。

ある　ない　内容・テーマ(

現在完成した作品をお持ちですか。

ある　ない　ジャンル・原稿量(

名				
買上店	都道府県	市区郡	書店名	書店
			ご購入日	年　月　日

書をどこでお知りになりましたか?
1.書店店頭　2.知人にすすめられて　3.インターネット(サイト名　)
4.DMハガキ　5.広告、記事を見て(新聞、雑誌名　)

の質問に関連して、ご購入の決め手となったのは?
1.タイトル　2.著者　3.内容　4.カバーデザイン　5.帯
その他ご自由にお書きください。

(　)


書についてのご意見、ご感想をお聞かせください。

内容について

カバー、タイトル、帯について

弊社Webサイトからもご意見、ご感想をお寄せいただけます。


力ありがとうございました。

寄せいただいたご意見、ご感想は新聞広告等で匿名にて使わせていただくことがあります。

客様の個人情報は、小社からの連絡のみに使用します。社外に提供することは一切ありません。

籍のご注文は、お近くの書店または、ブックサービス(0120-29-9625)、
ブンネットショッピング(http://7net.omni7.jp/)にお申し込み下さい。

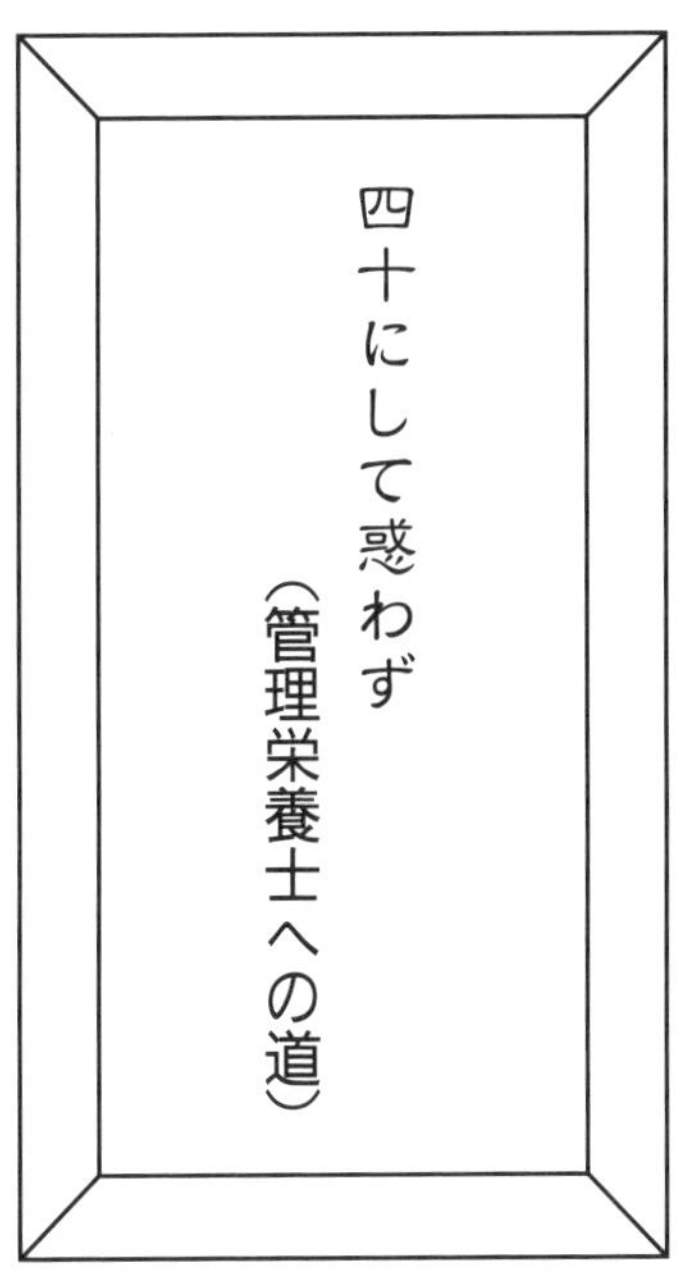

四十にして惑わず

（管理栄養士への道）

大いなる転職

平成時代に入るとバブルが崩壊し、新聞社の経営も悪くなり、平成6年（1994年）3月末に親会社に業務吸収され、事業部は廃部となりました。部署のメンバーとは惜しみながらも別れることになったのです。この新聞社で15年近く、好きな英語を活かし、やりがいのある充実した仕事に従事できたことに感謝しています。

事業部が廃部になるということは1年前から知らされていたので、自身のその後の準備に追われます。私は45歳になっており、同じ分野の仕事は難しいのではないかと思いつつ履歴書を送り続けましたが、すべて不採用でした。やる気のある人にとって、年齢制限は社会悪であることがよくわかりました。他に自分ができるものは何か、持っている資格・免許は25年も前の短大時代に取得した栄養士免許しかない。栄養分野での仕事の様子もわからず、すがる思いで会って相談するため、新潟のIさんの元へ向かいました。

彼女はすでに病院栄養課課長、部下を40人も持つ立場になっていました。この時言われた言葉が単純かつ明解で、「今の世の中、この分野で管理栄養士資格がなければお話になりません。資格を取って、初めて栄養士としてのスタート地点に立てるのです」というものでした。私はこの言葉を信じ、管理栄養士への道を歩み始めます。

管理栄養士国家試験の受験資格には、栄養士免許を取得後、短大卒の場合は、2年間（現在は3年）の実務経験が必要です。当然、私は経験ゼロ。どうしたものかと、実務経験ができる所はないか次兄に話したところ、「長野高校の同級生が、北里研究所病院の副院長をしているから話してみるよ」と〝助け船〟を出してくれたのです。早速、紹介してもらい、パート栄養士として勤務できるようになり、まさに「渡りに船」でした。「よし、とにかく頑張るぞ！」と、遅咲きの46歳の栄養士デビューです。

こうして、平成7年（1995年）4月から、都内恵比寿にある、北里研究所病院栄養科の非常勤栄養士として、午後の部に勤務することになりました。短大卒業後初めての栄養士業務で、夕給食用の仕込み、調理、配膳をする厨房業務が私の担当です。以前の英文編集業務とは内容が全然違うので戸惑いは大きく、緊張も加わって、初日には仕事中に貧血を起こしてしまうほどでした。しかし、スタートが遅い分、追い着け、追い越せの精神で、また、短大恩師の「常に問題意識を持って、現場に臨むこと」との凛とした言葉を胸に、２年間必死で頑張りました。私の栄養士としての厨房業務の基礎は、北里研究所病院で育まれたのです。そして、２年目の11月頃から、翌年５月の国家試験に向けて、毎日、家族が寝てから、深夜遅くまで受験勉強が続くのです。

平成９年（１９９７年）５月、管理栄養士国家試験を48歳で受験し、幸運にも合格しました。この年の合格率は39％と低く、同病院の若い常勤栄養士４名も受験しましたが、私だけが合格しました。まさに「おばさんパワー」です。わざわざ都庁にまで出向き、ロビーに張り出された合格者名で自分の名前を確認し、「ヤッター！」とばかりケーキを買って帰り、家族で祝いました。新潟のIさんからは沢山の真っ赤なバラの花が届き、彼女の粋な計らいには感謝、感激です。

７月には管理栄養士登録証が届き、数年前から脳梗塞で施設に入所していた父に見せようとしていた矢先、９月に88歳で他界しました。長野県短大で取得した栄養士資格を基に、管理栄養士資格を取得できた感謝を伝えたかったのに、どうしようもなく無念でした。ずっと父の介護をしてきた母には、体を休め、ゆっくりと暮らしてほしいと思いました。

すでに6月末で北里研究所病院を退職し、知人の紹介で、7月から川崎市立川崎病院食養科の非常勤管理栄養士として短期の仕事を始めました。これからは、もう厨房業務は卒業です。事務室内で食数管理や栄養指導補助、調乳管理を担当しました。同様に採用されたNさんや（彼女はすでに管理栄養士業務の経験があるのですが）、食養科スタッフも、業務内容について、色々なことをとても親切に教えてくれるので、不思議に思っていたところ、「アミールさんは、やる気があるからよ」と答えてくれ、とても嬉しかったことを覚えています。短期間でしたが、管理栄養士業務の基礎は、この川崎病院で培ったと感謝しております。また、タイミングよく期間終了近くに、小田急線生田駅近くの同市立老健施設から、管理栄養士の求人があり、私が採用されました。

平成10年（1998年）4月から、川崎市立介護老人保健施設「三田あすみの丘」の専任管理栄養士として、49歳で本格的にデビューしました。厨房内業務は給食委託会社が請け負い、私は施設側の管理栄養士として、献立作成、栄養評価書類作成、ケースカンファレンス参加等の業務をしました。この栄養評価書類の作成は初めてなので難しく、川崎病院のスタッフから度々、教えを受けたのです。

この施設で1年が過ぎる頃、新潟のIさんに管理栄養士業務の評価も兼ね、管理栄養士1年目の総括をしてもらいました。双方から距離的中間点の群馬県高崎市で「高崎サミット」と称して、以後、年末に会うことにしたのです。「貴方は、ひとの3年分の仕事を1年でこなしている」と、彼女は評価してくれました。30年以上も、管理栄養士業務をしてきた彼女の言葉が、どんなに嬉しかったことか。これに自信を得て、その後の業務に励んだのです。高齢化社会の流れの中、介護保険制度が始まり、この保険で食事加算を取るには管理栄養士資格が必要であり、この資格の持つ意味の大きさに、身の引き締まる思いでした。

色々な行事の折には、入所者に対して余興をするのですが、次兄夫妻の尺八、お琴の演奏会を提案し、以後、二人は7〜8年近くもボランティアで続けてくれました。ありがたいことです。次兄は大学時代から尺八を嗜み、その関係でお琴をしていたY義姉と結ばれたのです。

私が管理栄養士としてひとり立ちし、この頃が最も輝いていた時期ではないかと思います。

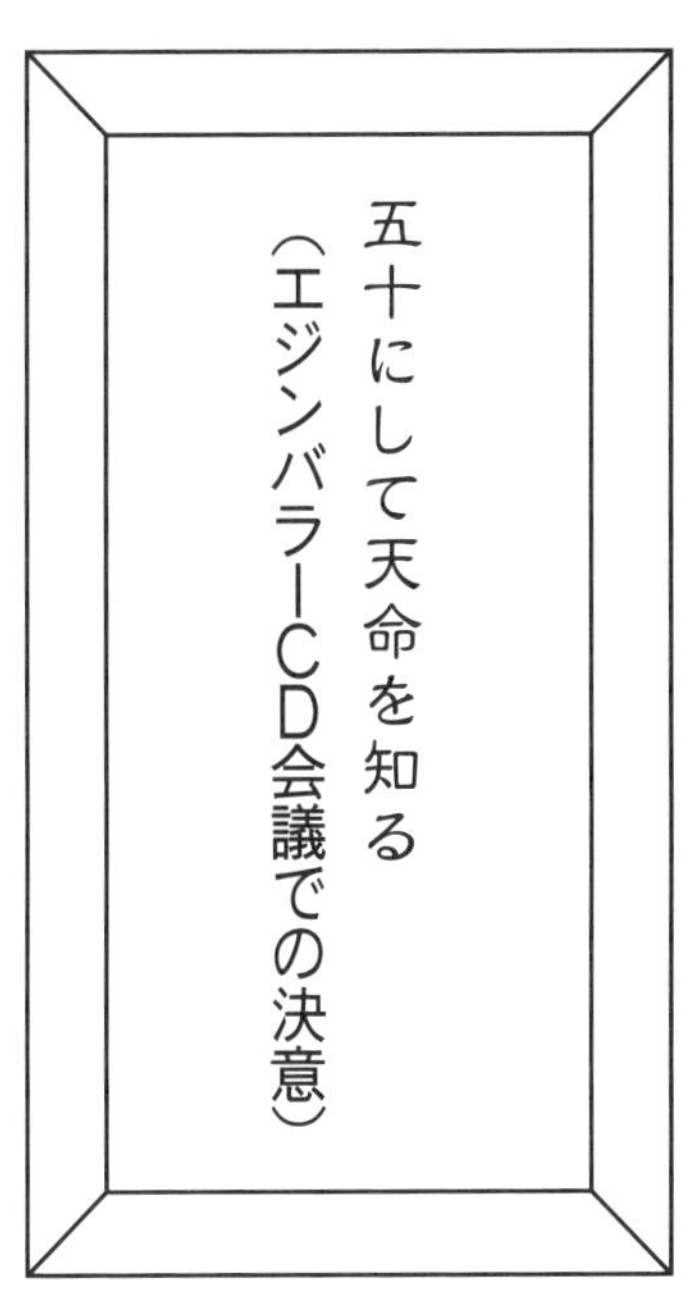

五十にして天命を知る

（エジンバラICD会議での決意）

初めての国際栄養士会議

平成11年（1999年）12月の「高崎サミット」では、平成12年（2000年）7月の国際栄養士会議（ICD）がイギリス（エジンバラ）で開催されるにあたり、二人で参加することを決めました。私が栄養士の道に入ってから、すでに5年ほど経っており、業務にも余裕ができてきていました。しかし、ふと振り返った時、好きだった英語とは全然縁がなく、何か一抹の寂しさを感じていたのです。国際会議というものも初めてなので、再び英語に触れられると、興奮してしまいました。もう二度と行くことはない、と思っていた「我が青春のイギリス」の地を、再度踏めるという感激に熱い胸の高まりを感じました。息子は中学3年生になっており、英語もわかるので、広い世界を見せたいと、ちょうど夏休みに入ることから、親子で出かけることにしたのです。

平成12年7月、第13回ICD会議参加のためイギリスへ。私は息子と、Iさんも家族連れで、会議開催日よりも早く一緒に出発しました。まずは前半に、家族ごとに別行動をして、エジンバラで合流することにしたのです。私は息子とロンドン観光や、25年前にお世話になった家を訪れ、外から見て懐かしく、当時のままの様子に驚き、涙が出てきました。そして後半は、家族は先に帰国させ、Ｉさんと二人でエジンバラの会議に出席したのです。

この会議では、栄養士、栄養学者、医師、栄養・食品関連会社など、栄養・食品関係者が４年ごとに一堂に会します。今回は世界51か国からの参加者がそれぞれの研究発表をしており、初めてＰＣの

初めてのICD会議（エジンバラ、英国、2000年）の歓迎パーティー。ラトビアのドクターと談笑中の私（右）と新潟のＩさん（左）。

パワーポイントの掲示を見ました。しかも、若い栄養士が堂々と発表しており、「世界は進んでいる」と感嘆したことを覚えています。各国の栄養士と名刺交換をしても、相手は登録栄養士でありながら、修士・博士の学位を持っており、短大卒の私にとってこれには参りました。そして夕べには、歓迎パーティー、オーケストラ演奏会、さよならディナーと、プログラムは盛り沢山。すべてを楽しみ、堪能したのです。

栄養士分野にも国際的な一面があるとわかり、「次はこの国際会議で聴く側ではなく、発表する側になろう」、「それには、大学院での専門的な研究が必要であり、世界に通用する修士・博士の学位取得を目指そう」――この会議の終日には、Iさんと二人で、そのように総括しました。

この会議のインパクトは大きく、帰国後すぐに大学院関係を調べると、大学院入学には4年制大学卒枠か、社会人入学枠（大卒相当の経歴）の二つの方法があるとわかりました。栄養士経歴5～6年である私にとっては、社会人入学枠は無理であろう、4年制大学卒枠で行くしかないと思いました。そこで、大学3学年への編入を考えました。しかし、全面的な大学生になるのは経済的に無理なので、夜間大学を探し、都内駒込の女子栄養大学栄養学部二部の編入試験を受けることに決めました。

これを次兄に話すと、「高校の同級生が同大学の教授なので紹介してあげる」と言うではありませんか。早速、手配してもらい、当時、栄養学部長であったG教授（元副理事長）と面談しました。次兄の人徳でしょうか、次兄には驚くほど至るところに貴重な友人がいるのです。管理栄養士の道に入る時も、今回の大学受験も、次兄の人的サポートがあったおかげであり、感謝しきれません。10月に受験し、合格しました。試験は作文と面接だけでしたが、面接試験では、偶然にも先にお会いしたG教授が試験官の一人であったことには、随分とご縁があると感じました。後に、G教授から兄へＦＡＸが入り、それを兄が私に転送してくれたのです。

《作文、面接ともに最高点で合格し、このような優秀な学生を迎えるのは、大変喜ばしい》

という、嬉しい、嬉しい文面でした。

この頃、母の体調が悪くなり、入退院を繰り返していましたので、早く合格証書を見せようと会いに行きました。とても喜んでくれましたが、その後12月末に、母は88

歳で永眠したのです。父の死後3年目でした。

翌平成13年（2001年）1月初めに母の葬儀が終わり、これで自分の両親はいなくなった、という喪失感、脱力感は大きく、頭の中が真っ白になり、動けません。この時、仕事が救いでした。仕事をすることで気がまぎれ、人と接することができ、私にとって仕事というものの大きさを初めて知り得た時です。仕事はずっとしていこうと思いました。

2月には、母の四十九日後に息子の高校受験があり、都立戸山高校に2番で合格しました。これは、「偉は一番の孫」と常々言っていた母が、見守ってくれたのだと思います。そして、4月からは、高校と大学へ、親子揃っての「御入学」です。

大学編入と修士学位取得

平成13年（2001年）4月、52歳になった私は、女子栄養大学栄養学部二部栄養学科に、編入学しました。「三田あすみの丘」の職場からは、時間的に大学通学が無理なため、3月末で退職し、5月から目黒区武蔵小山にある特養ホームに、常勤の管理栄養士として勤務しました。しかし、夕方からの大学の授業時間に間に合うには余裕がなく、そこで10月からは、非常勤として大田区池上の区立特養ホームに勤めることにしました。昼は栄養士、夜は大学生と二束のわらじを履く、今で言うところの〝二刀流〟生活になったのです。このような生活を理解し、協力してくれた家族には、本当に感謝しています。

短大卒業後32年ぶりのアカデミックな環境はとても新鮮で、水が砂に浸み込むように、学ぶ喜びに酔いしれた2年間となりました。単位数も、30年以上も前に取得した単位でありながら長野県短大の単位がすべて認定され、県短大のレベルの高さがわかりました。そのため、大学には週に2日行くだけで、卒業単位数が取得できる計算です。しかし、これではお稽古事と同じで大学ではない、学士だけの資格では物足りないと思い、よく調べると教員免許1種（家庭科）が取得できることがわかりました。この取得単位数を加えると、週に4日通えるようになります。しかも私はすでに、県短大で教員免許2種を取得していたので、「教育実習」や「介護等体験」が免除されるのです。資格・免許というものは、何であれ、取得しておくものだと、つくづく感じました。

この栄養学部二部は、後に令和2年（2020年）4月に閉学しました。この閉学式もコロナ感染症対策のため中止になり、出席を予定していた私にとっては、長野県短期大学の場合と同様に、残念無念でなりません。

平成15年（2003年）3月に大学を卒業し、そのまま4月から、同大大学院栄養学研究科栄養学専攻修士課程に54歳で進学しました。大学院は埼玉県坂戸市の本学にあるため、自宅からは約2時間かかります（この頃から大田区石川町に居住）。そこで、池上の特養ホームでの仕事は週3日の体制に変更して通学していたのですが、2年目になると研究が忙しくなり、仕事は辞めざるを得ませんでした。丁度、息子が国立東京工業大学に入学し、「僕がアルバイトで頑張るから、大丈夫だよ」と言ってくれ、とても頼もしく、嬉しくて助かりました。

大学院の指導教授はとても厳しい先生で、ご指導を受けても、その意味がわからず、劣等感ばかりで憂鬱でした。また、研究室には色々なしきたりというか、ある種のルールがあり、それにも馴染めずにいました。

私は、国際栄養学を学びたく進学しましたが、何を研究するのか定まらず、半年間ぐらいはふらふらしていました（G教授曰く「宇宙遊泳状態」）。国際保健学の授業時に、在日外国人の健康について学んだことを契機に、彼等の栄養状態はどうなのだろうかという疑問が湧き、その研究にしようとテーマを決めました。

インタビュー調査をするため、在日外国人の集まる場所を探し、相手が日本語がわからない時は英語を使い、埼玉県坂戸地区、東京都内、神奈川県等、在日外国人の母親40名以上のインタビュー資料を集めました。その結果から、地域の差はあまりなく、家庭での食事は、出身国の食事（母国食）、来日して食べた食事（日本食）、その両方（両方食）が多いという3群に分かれ、夫が日本人で居住年数が長い人ほど日本食が多くなることがわかりました。この、日本食の多い在日外国人に対する栄養教育が必要であることが、残された課題です。出来上がった修士論文をG教授に届けに行くと、「これは、アミールさんだからできた論文です」と言われ、苦しかった修士課程の中で、この言葉が唯一の救いでした。

平成17年（2005年）3月、修士課程を修了しましたが、4月からの仕事先は、研究室の先輩から紹介された、専門学校の非常勤講師（4か月間／週1回）だけでした。これでは暮らせないので、修士論文のインタビュー調査時に協力していただいた川崎保健所保健センターの担当者に連絡したところ、乳幼児健診や在日外国人母子栄養相談会の非常勤栄養士に空きがあり採用されました。一方で、日本栄養士会の求職欄を経由して、7月半ばに、横浜市緑区の青葉台病院から採用面接の依頼があり、病院の専任管理栄養士として採用されました。すでに私は56歳になっており、この病院で栄養士としての定年を迎えようと決めたのです。

川崎保健センターの仕事は月1回程度だったのでそのまま継続し、その関係で、同市の委託事業をしている「ふれあい館」主催の「在日外国人ママの会」を紹介され、修士論文の実践ができると思い、ボランティアの日本食講習会も始めました。しかし、5〜6年程経つと参加者がいなくなり、残念ながら中止になりました。

また、新潟のIさんと会い、私の修士論文を渡すと、とても喜んでくれました。彼女も、新潟医療福祉大学大学院修士課程に進学しており、平成20年（2008年）の第15回ICD会議横浜開催に向けて、念願だった研究発表をしようとお互いに励まし合いました。

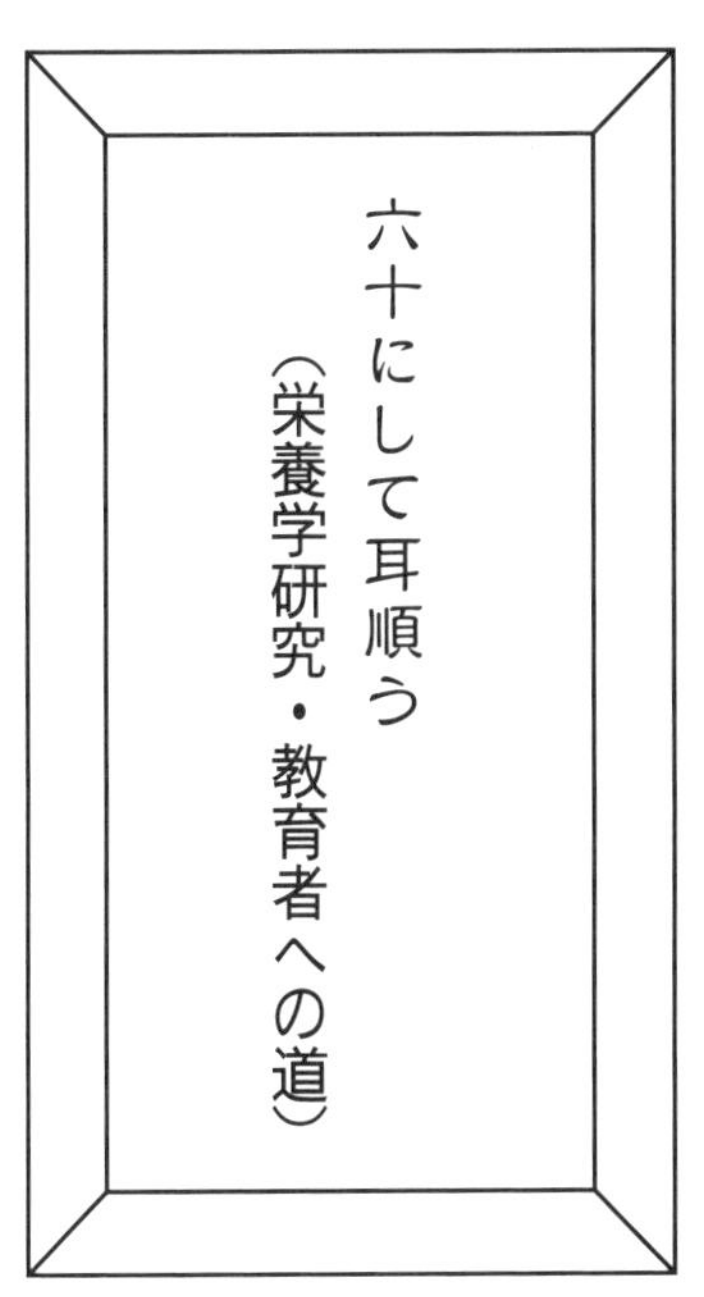

六十にして耳順う

（栄養学研究・教育者への道）

博士学位取得へ

平成20年（２００８年）は、めまぐるしく過ぎた年でした。

３月末に新潟のＩさんから、修士課程を修了し博士課程に進学するという連絡がありました。私も、病院の定年を翌年（平成21年）に控えており、博士課程への進学を考えていたのです。しかし、60歳を過ぎて、片道2時間かけて女子栄養大学大学院へ通うのは体力的に無理ではないか、と迷っていました。近くの大学ではどうかと探していたところ、５月になって、昭和女子大学大学院に、栄養教育関係の研究室があることを新聞記事から知ったのです。

昭和女子大学は世田谷区にあり自宅から近いので、早速、６月のオープンキャンパスに行きました。担当教員はＷ教授であると確認でき、驚いたことに、偶然にも、この教授とは、エジンバラＩＣＤ会議のさよならディナーで、名刺交換をしていたのです。こんな事があるのかと連絡をして、７月に面談をしました。先生の記憶の中にはエジンバラの件はすでにありませんでしたが、研究には「情熱と理性」が必要であると、意義深いお話をしてくださいました。

9月の第15回ICD会議横浜大会では、新潟のIさんは修士論文を、私は修士論文は他の学会（国際保健医療学会）ですでに発表していたので、「在日外国人ママの会」の活動結果について、それぞれポスター発表することにしました。その準備は万端。発表原稿は二人で、事前に都内のホテルで合宿をして練り上げたのです。

大会期間中の滞在は、会場敷地内のホテルインターコンチネンタルを予約しました。二人のポスター発表も無事終わり、エジンバラICD会議での総括が本当に実現できたのです。最終日の夜には、豪華にホテル内のフレンチレストランで、これまでの道のりを総括し、二人でその喜びを分かち合いました。そして、次回の平成24年（2012年）9月の第16回ICD会議シドニー開催参加にも話が及んだのです。

11月になって、再度、昭和女子大学大学院のW教授を訪ね、修士までの研究では着地ができていない、やはり博士課程で在日外国人に対する栄養教育の研究をしたい旨を説明しました。その結果、W教授の門下に入るところとなり、12月には入学試験の準備として、プレゼンテーションのポイントを適切に教えていただき、作り上げました。翌年（平成21年）1月が入学試験です。幸いにも、合格が決まりました。

そして、入学後すぐに研究を進められるように準備を始めました。某国際クリニックのK院長先生（元神奈川県大和市医師会会長）に協力を求めました。このK先生とは、以前に、私が国際保健医療学会で、修士論文をポスター発表し、それをK先生がご覧になったのがきっかけです。その後、K先生から、大和市内の在日外国人対象の医療懇話会で、栄養についての講話依頼があり、2～3回引き受けました。このようなご縁で、今回は、博士論文の研究を進めるにあたり、クリニックを訪れる患者に対する調査協力をお願いしたのです。このクリニックでは、私が大学院修了後も、月1回の栄養相談をしてきましたが、コロナ感染症の関係で中止になり、先生は、令和6年（2024年）4月からクリニックの名誉院長になられました。

平成21年（2009年）4月、昭和女子大学大学院生活機構研究科生活機構学専攻博士課程に60歳（還暦）で入学しました。入学式には、夫、息子も出席し、W教授に紹介しました。大学は三軒茶屋駅が最寄り駅で、青葉台病院の仕事を終えてから通えますし、自宅からも50分ぐらいで通えるのでとても便利です。

8月末で病院を定年退職した後は、川崎保健センターの仕事や、特定健診・特定保健指導の登録保健指導員として、また、2年になると、W教授のお知り合いのU先生（国際学院埼玉短期大学名誉教授）の紹介で、大宮にある国際学院埼玉短期大学で非常勤講師の仕事をしながら、大学院へ通いました。

1年目の前半は、病院の仕事のため研究室へは週に1回行く程度で、博士課程3年のSさん、2年のAさん、修士課程1年のMさんと同室でした。

1年目の後半からは本格的に調査を始めました。K先生の国際クリニックで参加者を募り、月1回の栄養・調理教室を開催し、栄養教育の相乗効果を狙い、亜麻仁油を使用した栄養教育の実施・評価を論文にすることに決めたのです。6か月の予定の調査でしたが、さらに6か月延長したので、膨大なデータの整理、解析で目が回りそうでした。結果からは、栄養教育の効果があると示唆され、あとはこれをどのようにまとめて論文にするかです。

3年目（平成23年）になると、研究室は私一人となり、夜遅くまで研究室で過ごし、なかなか論文が進まず、精神的に疲れていたと思います。丁度、息子も東工大大学院博士課程に進学し（平成22年4月）、1年間のイギリス留学を終え（平成23年8月）大学に戻っていたので、滅入った時には、帰宅途中に大岡山駅で待ち合わせ、彼と食事をしたり、また自宅まで一緒に歩きながら、研究の難しさや、愚痴をよく話したものでした。彼は同じ博士課程の同志という存在で、黙って聞いてくれ、感謝しています。

博士課程の3年間はあっという間でした。その間、W教授の強力なご指導で無事審査を通り、博士論文を提出でき、平成24年（2012年）3月、博士（学術）学位を取得できました。すでに63歳になっており、振り返れば、平成12年（2000年）のICD会議（エジンバラ）から始まり、ここまで12年かけ、最高学府（博士学位）に到達し、まさに感無量です。早速、両親の墓前に報告しました。新潟のIさんには、「来年は、貴方ね」

昭和女子大学大学院生活機構研究科生活機構学専攻博士課程修了（2012年）。博士（学術）学位授与式にて。

と、私の黒表紙金文字の博士論文を、バトンのように渡したのです。

この平成24年（２０１２年）もめまぐるしい年でした。

３月に、博士（学術）学位を取得した後も、国際学院埼玉短期大学での非常勤講師、特定健診・特定保健指導の保健指導の仕事を続けていたのです。

７月には、息子のイギリス留学先の、ケント大学大学院修了式に（英国、ケント州、カンタベリー）、今までの、様々なサポートへの感謝の気持ちから、次兄夫妻を招待し、一緒に参列しました。この大学院では、修了１年後に修了式があるようです。

息子は次兄の紋付袴を借

息子の修士学位授与式（カンタベリー、英国、2012年）に参列した私（左）と次兄夫妻（右）。

りて（次兄は尺八の大師範となって、演奏会でよく着装していたのです）、私はY義姉が作ってくれた小紋で装いを極めました。修了式は、カンタベリー大聖堂の荘厳な雰囲気の中で行われ、この時ほど自分の息子を誇らしく思ったことはありません。滞在中は、次兄夫妻とロンドンやカンタベリーの観光、名物のパブを大いに楽しみました。Y義姉は、出発の1か月前に足を痛めており、無理をさせて悪かったな、と思っています。息子の留学によるお土産で、思いがけずも3度目のイギリスを堪能できるとは……。こんな嬉しさは、想定外でした。

9月になって、新潟のIさんと、前回決めた第16回ICD会議（オーストラリア、シドニー）参加を実現しました。私は、口頭発表で博士論文を、Iさんはポスター発表で彼女の博士論文になる一部の内容を発表したのです。彼女は平成25年（2013年）3月、博士学位を取得しました。

私の発表は、会議開催当日の午後なので、ドキドキで、空港でトランジットの待合時間にも練習です。発表時には、PCのちょっとしたトラブルもありましたが、無事終えることができ、安堵しました。大学院恩師のW教授も駆けつけてくださり、また、同門のSさんも加わり、乾杯をして喜びを分かち合いました。ICD会議で博士論文を発表できるとは、前回の発表内容とは重さが全然違います。

次は平成28年（２０１６年）スペインのグラナダ第17回ＩＣＤ会議で、Ｉさんの博士論文の発表を待つばかりです。

11月になると、国際学院埼玉短期大学からの常勤勤務へのオファーについてU先生から連絡がありました。すぐ面接に応じ、その後、１週間ほどで送付された内定書を見て驚きました。私は講師だとばかり思っていましたが、それは教授の内定書でした。これは社会通念に反している、何か変だと大変戸惑いました。そこで、「これは間違いではないか、短大に確認してほしい」と、U先生に連絡して、しばらく経つと、「素直に受けてください」との返事が来ました。返事をいただいても半信半疑でしたが、経済的理由が大きく、また、短大教授として仕事ができる、博士学位取得の苦労が報われるということが勝って引き受けることにしたのです。

短期大学教授として

平成25年（2013年）4月、国際学院埼玉短期大学健康栄養学科教授に64歳で就任しました。若い頃から教師になるつもりはなかった私が、いつの間にか短大の教職に就くことになりました。世の中わからないものです。この短大は栄養士養成施設であり、私の担当教科は、基礎栄養学、応用栄養学、公衆栄養学、学校栄養教育、卒業研究、オムニバスの教科が3～4つでした。同僚には、女子栄養大学大学院修士課程同期のKさんや、同大学院修士修了のN氏、昭和女子大学大学院同門先輩のSさんらがいました。

高等教育・研究分野での教職は初めてですから、大学で教鞭をとるとはこういうものか、という驚きばかりでした。とにかく行事が多く、土曜は月1回の休みがあるだけで、夏休みは2か月間といっても、長期で休みが取れるのは盆休みだけです。研究をするには難しい環境でした。また、所在地が大宮なので、自宅からは電車で1時間半ほどかかります。従って、午前8時30分の出勤時間に間に合うには、自宅を6時35分に出るというルーティーン。朝の弱い私には辛いことです。しかし、私学の大学は定年が70歳、70歳までは頑張って続けようと自分に言い聞かせて、電車に乗る毎日でした。

するとと、11月にNHKのテレビ番組「あさイチ」にビデオ出演するというサプライズがありました。当時、「オメガ3」（多価不飽和脂肪酸）を含む亜麻仁油がブームになっており、私の博士論文で亜麻仁油を扱っていたことから、オファーがきたのだと思われます。すぐに、大学院恩師のW教授に連絡し、とても喜ばれ、内容をチェックしていただきました。放送は12月で、あっという間に全国デビューしたのです。これは、博士学位を取得した自分へのご褒美であると思いました。

平成29年（2017年）4月、68歳で健康栄養学科学科長に就任しました。前年の秋頃、学科長にというお話があり、U先生に相談したところ、「是非やってください」と背中を押されて、引き受けることにしたのです。

しかし、どういう訳か、この年の新入生がポロポロと退学するという事態が発生したのです。原因もよくわからず、対応に追われるうちに、1年間で1学年全人数の1／

4が減少するという大変な結果になってしまいました。それに加えて、自身の力量不足や未熟な点も多々あり、責任を取るかたちで、平成31年（2019年）3月、学科長を辞任しました。4月からは役職のない教授となり、丁度、定年年齢の70歳になっていましたから、翌令和2年（2020年）3月末、定年退職することに決めました。

7年間の短大在職中、文科省の委託事業として、食育士制度の構築・実践に携わり、また、「味彩コンテスト」（料理コンテスト）実行委員長として貢献できたことが幸いでした。

最後の国際栄養士会議

この間、平成28年（2016年）9月、スペインのICD会議（グラナダ）に参加しました。スペインは、私が青春期に訪れた国で、40年ぶりにマドリード市街や、プラド美術館の絵画、トレドの大聖堂を再度見ることができるとは、こんな感激は信じられませんでした。また、初めて見学したバルセロナのサグラダファミリアは息をのむほど壮観でした。

　今回の会議では、新潟のＩさんは口頭発表で博士論文を、私は、ポスター発表で、文科省委託事業の中間報告をしました。この会議では「paperless」ということで、いわゆる抄録集等の後で見返すものが一切なくて、何か物足りない感じです。ポスター発表も紙ではなく、電子パネルの巨大な画面が３～４か所にあるだけで、興味のあるポスター番号をスイッチで押して映し出すといったものでした。

　Ｉさんの発表時には、彼女はスクリーン前で説明するので、急遽、私がＰＣ操作を手伝い、二人で協力できたことが最高の思い出です。そして、この時の総括は、今回

最後のICD会議（グラナダ、スペイン、2016年）で、新潟のＩさん（左）の発表を終えて。

でＩＣＤ会議参加は終わりにする、ということでした。

顧みれば、２０００年のＩＣＤ会議（エジンバラ）で決意し、２００８年の横浜で初めて研究発表し、２０１２年には海を越えてシドニーで、そして２０１６年はグラナダでと、３回にわたり研究発表をしてきました。この間、Ｉさんと切磋琢磨し成長した歩みは、このＩＣＤ会議と共に、強く、強く繋がっていたのです。

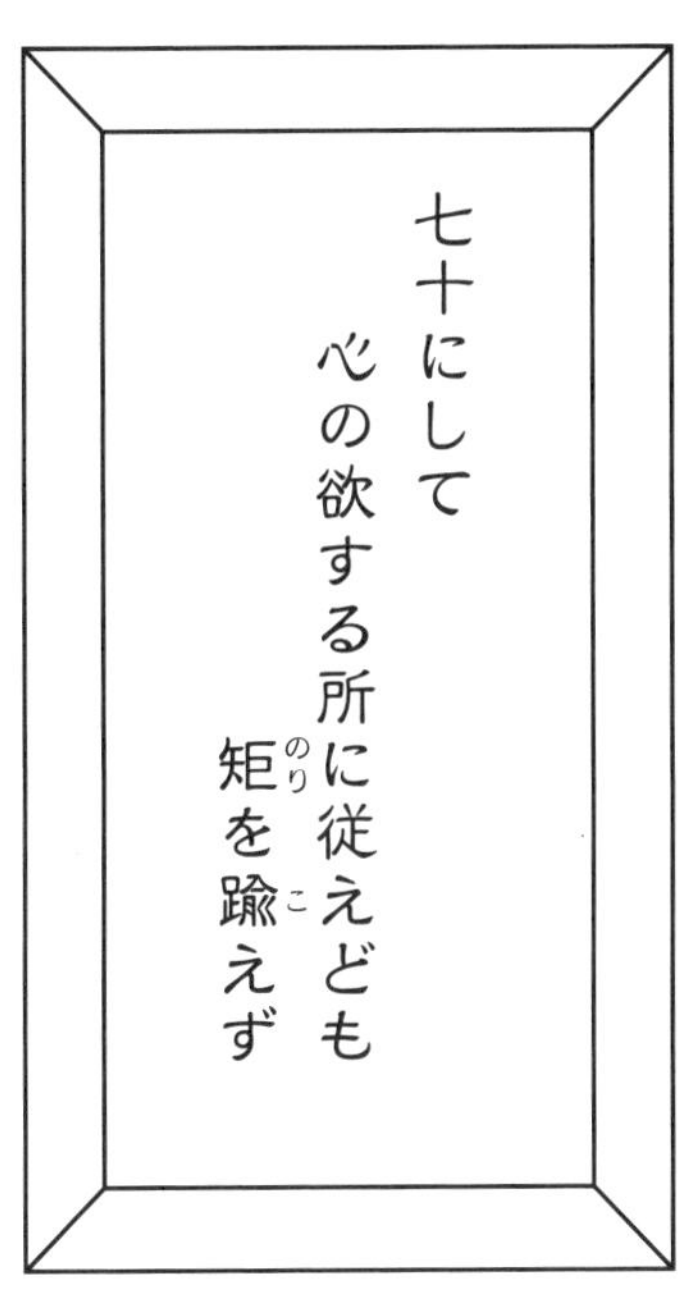
七十にして
心の欲する所に従えども
矩(のり)を踰(こ)えず

エピローグ

こうして、私の人生を辿り、振り返ってみると、私の「人生の扉」は、英語とテニスに国際栄養士会議（ICD,International Congress of Dietetics）の三つがキーワードになっていたように思えます。

また、冒頭でもご紹介した竹内まりやさんの「人生の扉」の歌にも重なってくるように思われました。

これからの70歳代、80歳代、「心の欲する所に従えども矩を踰えず」のままに、「人生の扉」を開けると、中はどのような景色になるのか、楽しみに暮らしていこうと思っております。

君のデニムの青が　褪せてゆくほど　味わい増すように
長い旅路の果てに　輝く何かが誰にでもあるさ

I say it's sad to get weak
You say it's hard to get older
And they say that life has no meaning
But I still believe it's worth living
But I still believe it's worth living

謝辞

この度、本書を発行するにあたり、今迄の私の人生を支えてくださった、すべての方々に心より厚く感謝申し上げます。そして、その皆様のご健康と、ますますのご発展をお祈り申し上げます。

また、本書の発行につきましては、文芸社様からお声をかけていただき、お励ましをくださり、編集スタッフはじめ、関係者皆様のご尽力で仕上げられました事、大変ありがたく、御礼を申し上げます。

令和6年　吉日

アミール喜代子

著者プロフィール

アミール　喜代子（あみーる　きよこ）

昭和24年（1949年）長野市生まれ。
長野県短期大学家政科食物専攻卒業。
銀行、貿易会社、英字新聞社勤務を経て、
福祉施設・病院で管理栄養士業務に従事。
その間、女子栄養大学栄養学部二部栄養学科卒業、
同大大学院栄養学研究科栄養学専攻修士課程修了、修士（栄養学）。
平成24年（2012年）昭和女子大学大学院生活機構研究科
生活機構学専攻博士課程修了、博士（学術）。
平成25年（2013年）国際学院埼玉短期大学健康栄養学科教授。
令和2年（2020年）定年退職。

私の「人生の扉」

2024年７月15日　初版第１刷発行

著　者　アミール　喜代子
発行者　瓜谷　綱延
発行所　株式会社文芸社
〒160-0022　東京都新宿区新宿1－10－1
電話　03-5369-3060（代表）
03-5369-2299（販売）

印刷所　株式会社フクイン

ISBN978-4-286-25495-1　JASRAC 出 2402849－401